妖怪樹
超級大蛞蝓
只要追得上本大爺，就讓你們當小跟班。
伊豬豬和魯豬豬當上佐羅力先生的小跟班，故事就此展開。

怪傑佐羅力之恐怖的鬼屋

文．圖 **原裕**　譯　葉韋利

月光在灰色雲朵後若隱若現，
照耀在佐羅力身上。
他依舊繼續這惡作劇的修練之旅。

對呀。
我們是伊豬豬和魯豬豬，
為了佐羅力大師，
不管什麼事，就算赴湯蹈火，
也會助他一臂之力惡作劇！
嘿吼嘿吼、嘿嘿吼！
嘿吼嘿吼、嘿嘿吼！

他們可真是悠閒呀。
不過，有一抹黑影，
聽到這陣歌聲後，已悄悄逼近三人。

等到佐羅力他們發現時，
已經太遲了，因為他們身邊
早就被一群可怕的妖怪包圍了。

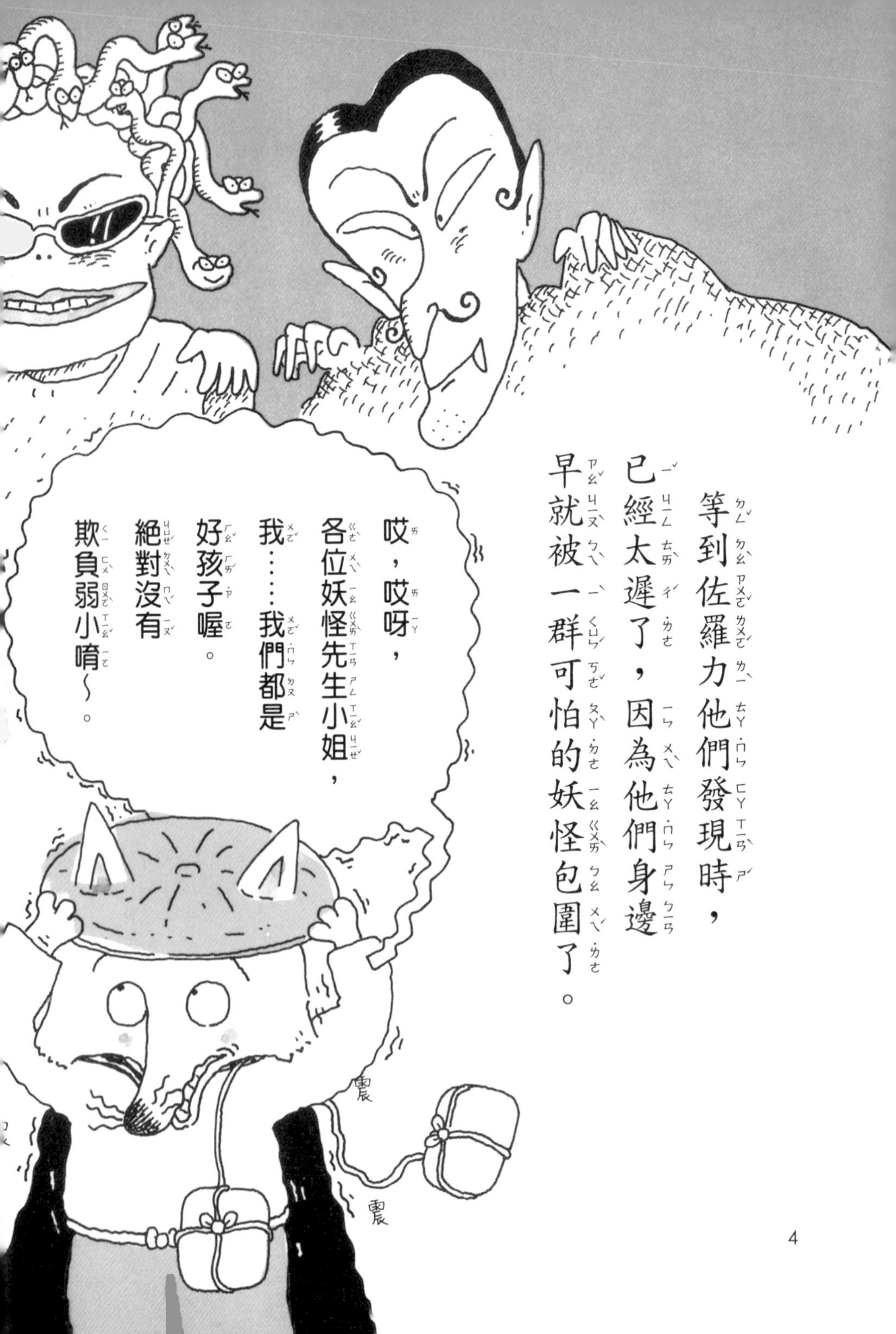

噓，噓，希望他們別……別過來呀。
這一型的，我可不想跟他們做朋友啊。
抖
抖
抖
抖

一步步，一步步，這群妖怪靠得愈來愈近。

接著，有一隻妖怪對佐羅力說：

「哎呀，這個歌聲果然是佐羅力先生哪。我是以前在那個妖怪學校受到您關照的……」

「嗯？啊，你不就是老師嗎？」在很久以前，佐羅力曾經在妖怪學校裡大顯身手過。

「各位妖怪！這一位就是鼎鼎大名，有惡作劇天才稱號的，怪傑佐羅力大師！」

蛇髮女妖
頭髮是蛇變成的，任何人只要一看到蛇髮女妖的眼睛，「血」就會結凍，瞬間變成石頭。
（為了不讓同伴變成石頭，現在戴上太陽眼鏡。）
狼人
一到滿月的夜晚就會變身為狼，大口大口亂咬。
（今天不是滿月所以沒有變身。）
晚安——
佐羅力大師。
很高興能見到您。
木乃伊
埃及代表。
墳場守護者。
力氣很大，會用雙手掐住別人脖子。
吸血鬼
英國代表。
小口小口吸著「血」來維持生命。

「你……你們幾位，在……在這裡做什麼呢？」

佐羅力克制著還在怦怦跳的心臟，一邊問他們。

「我們正在想辦法成立妖怪軍團，要讓全世界都嚇到發抖呀。現在這個世界都沒有人怕妖怪了。

嗚……嗚嗚。」

老師的眼中含著淚水。

結果，妖怪軍團一擁而上，

全都衝到佐羅力的身邊，圍抱在一起大哭起來。

「本……本大爺，剛才有一點怕怕的喔。」

「我……我們也覺得很恐怖耶。」

「啊，聽到各位這麼說，讓我們有精神多了。」

「佐羅力大師，前面有個小鎮。可不可以請您跟我們一起去，

幫忙嚇人呢？」

「嘻嘻呵呵，聽起來好像挺有趣呢。我肚子也餓了，今天晚上就在那裡休息吧。」

佐羅力一行人和妖怪軍團

一進到小鎮，

孩子們不約而同轉過頭。

大家都睜大了雙眼。

「嘻嘻呵呵，各位妖怪，

要有點自信呀。

所有人都被你們嚇一跳，

怕得要命呢。」

「不不不，佐羅力大師，
如果真是這樣倒還讓人高興，不過……」

終於也有妖怪來我們鎮上玩了。萬歲！
送你一罐番茄汁，披風借我嘛。
……
哦，哦，開豬摟啦！（快住手啦）。
嘴巴被繃帶包住，發音不標準。
喂，你如果是正牌狼人，就快點變身呀。
小朋友，不好意思。因為今天不是滿月，所以我沒辦法變身呀。凹嗚。
他說凹嗚耶，哈哈哈哈哈。

叔叔，你們也是妖怪嗎？
不是喔。我們是手足情深的山賊，伊豬豬和魯豬豬。
什麼嘛，原來是山賊，真沒意思。
你看看，就是這樣子呀。
哇哈哈哈，真是一群沒出息的妖怪。

這時，小鎮上圓滾滾、胖嘟嘟的鎮長走過來。

各位令人開心的妖怪。
難得光臨我們這個小鎮，
讓孩子們都非常高興。
大家長途跋涉，
一定很累了吧，
今天就在小鎮好好休息，
明天再為鎮上的居民
帶來歡樂唷。

鎮長把鎮上最華麗的賓客專用豪宅，借給一行人住。
好漂亮的豪宅呀。

看著這群在豪宅裡悠哉悠哉的妖怪，

佐羅力再也受不了。

「一……一群笨蛋!!

你們生來就是要讓全世界

充滿驚嚇耶。連這事都忘了，

還算是妖怪嗎！

你們的爸爸、媽媽，

正在地獄裡傷心的大哭呢！

就讓本大爺來好好整頓你們這身懶骨頭!!」

「哦哦，這番話真是太精采了。佐羅力大師，請您告訴這群妖怪，嚇人是多麼有趣的一件事吧。」

「很好！本大爺就讓這個小鎮落入恐怖的森煙，不，是落入恐怖的深淵。」

下定決心的佐羅力，首先要做的事，
就是把這棟豪宅改建為
「恐怖的鬼屋」。

我們是——
可怕的妖怪！
漂亮的大房子，
不適合我們，
先弄髒，再破壞，
拉上蜘蛛絲，

然後叫來蟑螂，
然後叫來蛞蝓，
變成既噁心，又髒亂的
恐怖鬼屋！
魯豬豬用斧頭破壞牆壁。
伊豬豬用紅色油漆假扮鮮血。
妖怪老師吹起笛子召喚蟑螂跟蛞蝓。
狼人把電燈泡換成蠟燭。
蛇髮女妖織出蜘蛛網。
窸窣窸窣
窸窣窸窣
咚咚

從煙囪冒出乾冰的煙，讓整棟豪宅瀰漫著詭異氣氛。
隔天早上，小鎮上的豪宅搖身一變，變成一棟「恐怖的鬼屋」。
窸窸
鬼屋
咕嚕～
嘶嘶
突然冒出一棟怪東西耶。
怎麼回事呀？

一群妖怪都累癱了，
睡得不省人事。
但佐羅力精神還非常的好，
不知道在打造什麼。
咚咚
溼黏黏的院子裡，
爬滿了蛇、青蛙，
還有一大堆蛞蝓。
不斷灑水，
讓地面感覺
溼溼黏黏的。

然後，傍晚之前，佐羅力已經製造出左面這些東西了。

本大爺可以用這個機器變身成妖怪，親自向大家示範如何去驚嚇別人。嘻嘻呵呵。

眨眼之間大功告成

佐羅力的妖怪

佐羅力果然成功吸取了吸血鬼的菁華。變成一個連吸血鬼本人看了都會嚇到發抖的吸血鬼。

「你就睜大眼睛，看看本大爺我有多可怕吧。」
「好、好的。我會認真觀摩的。」
嗯嗯，開始想大口大口吸血嘍。走吧，出發——。
伊豬豬負責播放毛骨悚然的音樂
腐爛的魚肉
魯豬豬負責散播血的腥臭味
搧搧～

「好！首先，
第一個就是到這家店，
去吸吸店裡客人的血。」
「咦？佐羅力大師，
我看你還是不要進去
這家店比較好吧？」

「你在胡說些什麼呀！你就是這麼膽小，才會到現在還沒辦法成為獨當一面的吸血鬼。好啦，你就認真看看本大爺的示範吧。」

佐羅力大搖大擺的走進店裡。

「嘻嘻呵呵。
這個人正在專心吃飯，
沒發現本大爺呢。趁現在
過去咬住他的脖子，
用力吸血。」
就在佐羅力
準備撲上前去
抓住目標時……
嚼嚼

哎呀，我還以為是誰呢，
原來是吸血鬼先生。
來吃飯嗎？
這裡的煎餃很好吃唷。
哈哈哈哈哈……。
歡迎光臨
呼
噁心啊、
好難受啊～

「怎……怎麼回事？一聞到煎餃的味道，就覺得好難受呀。」

佐羅力搖搖晃晃的當場跪了下來。

「所以我剛才說了呀，最好打消到這家店的念頭。自古以來，吸血鬼最怕的就是大蒜啊。」

「你……你怎麼不早說。
好……好難過呀！」
看到佐羅力痛苦的掙扎著，
於是店裡的老闆說：
「吸血鬼先生，你不要緊吧？
這個箱子裡有一些藥
你先拿去吃吧。」

老闆說完，就把急救箱取下來，
遞到佐羅力的面前。

急救箱
沒……沒錯，吸血鬼也很怕十字架！嗚—嗚。
佐羅力和吸血鬼兩人不約而同的暈倒，不省人事了。

就這樣，他們兩個被伊豬豬和魯豬豬背回了恐怖的鬼屋。
拖拖拖拖拖拖拖拖拖拖
拖拖拖拖拖拖拖拖拖拖
生了什麼重病嗎？
一般人吃了我們店裡的煎餃，都會變得精神百倍的呀。

隔天晚上，
恢復精神的佐羅力在妖怪面前高喊：
「像吸血鬼這種怕東怕西的妖怪不行啦。
大家要戒掉自己的壞習慣。
今天晚上，我就來
變身成蛇髮女妖，
把小鎮上的人
全變成石頭。」

佐羅力立刻變成蛇髮女妖，而且相似度百分之百。他把院子裡抓到的蛇做成假髮，戴起來很好看。

「仔細看看我有多可怕吧。
要學起來，知道嗎？」
「好的，我會認真盯著，
眼睛連眨都不眨一下。」
真想趕快摘下太陽眼鏡，
一瞬間把所有人都變成
硬邦邦、冷冰冰的石頭。
好啦，出門嘍！

漂漂亮亮
美容院
自動門
自動門
「那麼，就把這家店裡的所有人，
變成硬邦邦、冷冰冰的石頭吧。」
「佐羅力大師，我好期待喔。」
佐羅力挑上的是一間美容院。

佐羅力一衝進美容院裡就大喊。
各位！把頭轉過來，仔細看我的眼睛——
就在他準備摘下太陽眼鏡的時候……

美容院的老闆娘立刻衝過來：

「哎呀，是蛇髮女妖小姐，歡迎光臨！您今天看起來特別美呢！不過，髮型整理得不怎麼樣耶。我來稍微調整一下吧，保證你一定可以變成全世界第一美女。呵呵呵呵呵……」

佐羅力不知不覺就被拉上座椅，頭頂還被戴上燙頭髮的機器。
砰
哎……哎呀，我沒有要燙頭髮呀，我是來……

因為佐羅力的頭髮是活生生的蛇，耐不住高溫，全都被燙得軟趴趴。「蛇髮女妖小姐，真是對不起呀。」

「咦？我的頭髮到底怎麼啦？」

佐羅力想看個仔細，

連忙摘下了太陽眼鏡，

兩眼緊盯著鏡子裡。

「佐羅力大師，

千萬不能看鏡子呀！」

蛇髮女妖高聲大喊。

但是……

來不及了。
佐羅力已經變成
硬邦邦的石頭。
……
怎麼一回事？

佐羅力大師，我們先回到恐怖的鬼屋，再幫你恢復原狀啊。

第二天晚上，佐羅力已經恢復原來的模樣，他望著天空說：「嘻嘻呵呵。在這個滿月的夜晚，最適合變身成狼人嘍。」

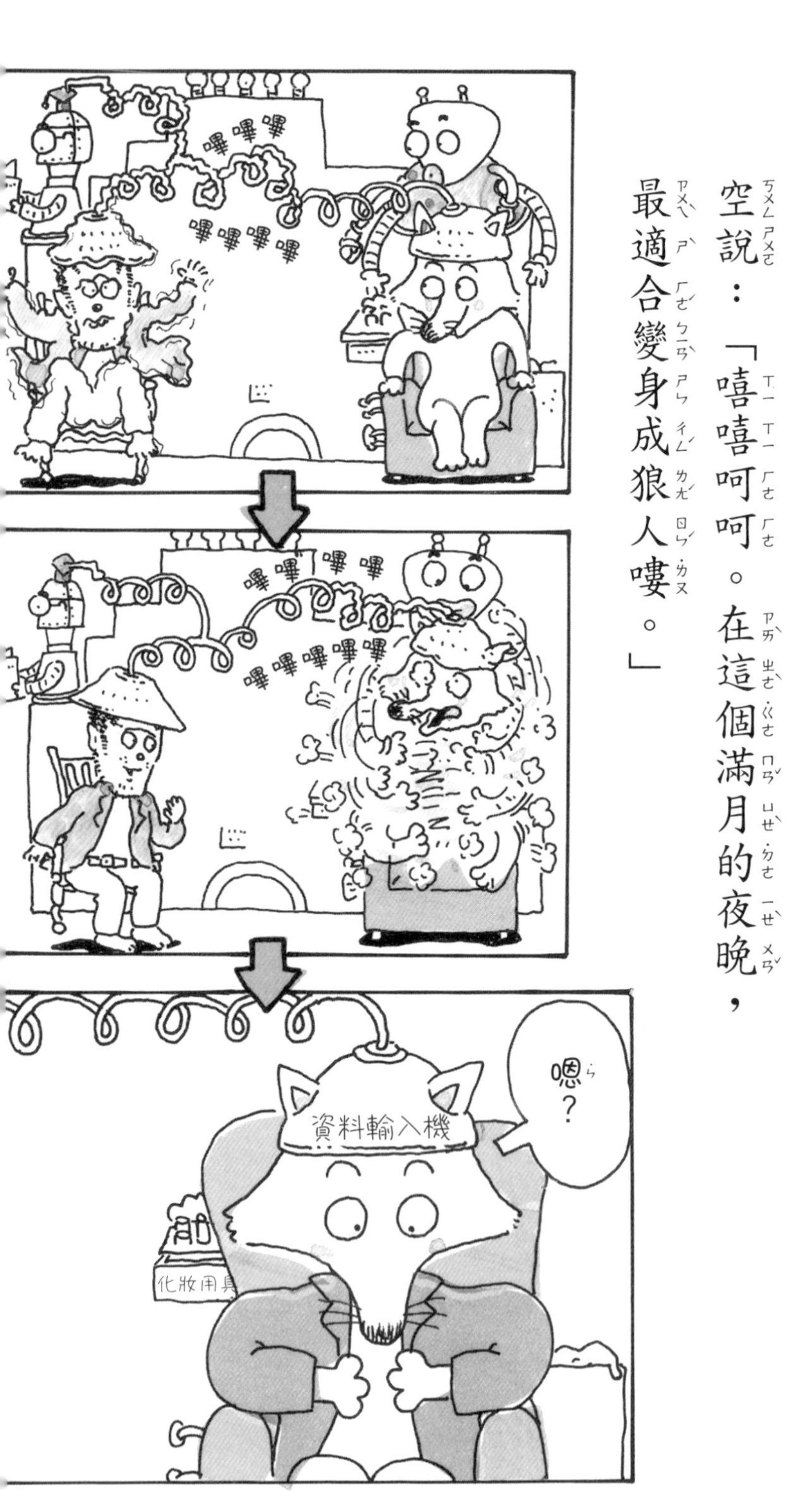

咦？

佐羅力成功變身成狼人了嗎？

「喂！本大爺還是原本的狐狸男耶。
什麼時候才會變身成狼人啊？」

「佐羅力大師，
我們狼人一定要照到月光，
才會變成真正的狼人啊。
請先到外頭來看看吧。」

兩人才踏出恐怖的鬼屋
走到外面，
一照到皎潔的月光，
佐羅力就立刻變身成狼人。
「原來如此，
原來如此，
凹嗚——！

嗯嗯，
有了這口利牙，
真想張開大口找個人來咬咬啊！
嘿！那邊有幾個倒楣鬼
走過來啦！
就讓他們當本大爺的食物吧。
嘻嘻呵呵。」

「哎、哎呀，
請……請等一下啊。
佐羅力大師，你看
天空好像不太妙唷。」
狼人提醒了佐羅力，
但他根本毫不在意，
露出一排尖尖的牙齒，
撲向那幾個倒楣鬼。

站住！站住！通通站住！
本大爺就是讓人看了害怕、嚇到發抖的狼人呀——。
讓我把你們抓起來，
大口大口的吃掉吧！

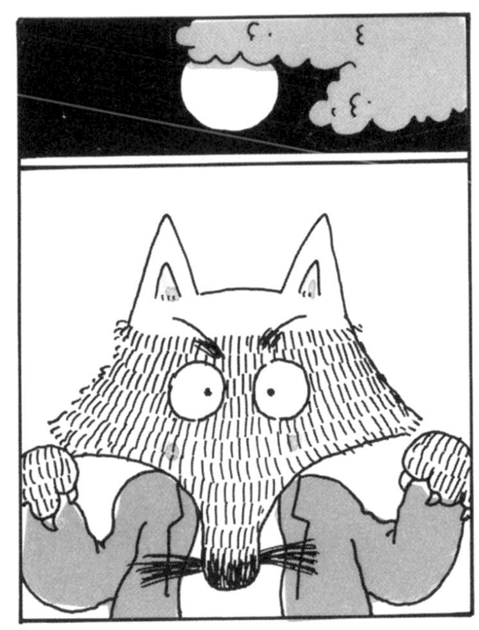

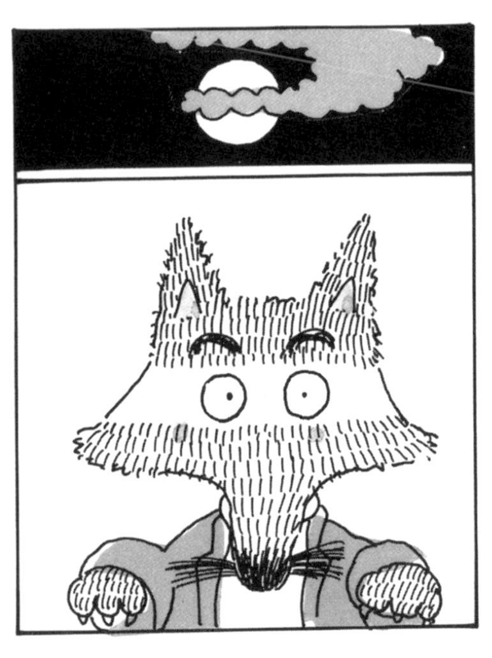

就在這時，烏雲開始遮住月亮，佐羅力的臉部也開始起了變化。

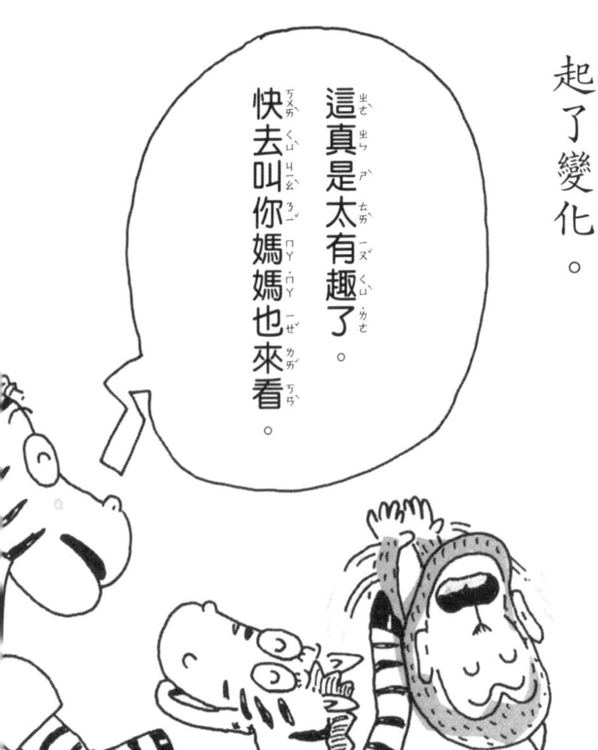

這真是太有趣了。快去叫你媽媽也來看。

妖怪果然能為大家帶來歡樂啊。哈哈哈哈哈。

不知不覺，現場聚集了好多鎮上的居民，大家開心觀賞佐羅力的變身秀。

「今天晚上真是太丟臉了。真氣人！狼人竟然只有在萬里無雲的滿月之夜，才能好好變身。狼人還真是種不方便的妖怪呢。最後只剩木乃伊了。本大爺會再加把勁的。」

我們也來幫忙纏繃帶。

我太閒了，
先來洗衣服吧。
喂喂，
繃帶給我好好
纏緊一點啊。
木乃伊
練成術
資料抽取機
嗶嗶嗶嗶嗶
哎呀，
全部都糾成
一團了。

伊豬豬和魯豬豬纏繃帶的技術太差勁了，所以這次變身比以往花了更多時間，不過，佐羅力還是變成一個木乃伊，相似度百分之百。

「捉摸羊（怎麼樣）？折夫摸羊（這副模樣）蔥草蔥中挑粗矮（從草叢中跳出來），大鴨一定會蝦得皮滾鳥溜（大家一定嚇得屁滾尿流）。泥就好好眼就（你就好好研究）奔大椰蝦仁的演出（本大爺嚇人的演出）。」

「號的（好的）。浪我號號當做山靠。（讓我好好當作參考）」

兩人因為全身捆著繃帶，沒辦法把話說清楚。

號（好），
窩棉吃花嘍
（我們出發嘍）。
哎呀。
才剛洗好的東西，
怎麼掉了呢。

啦啦啦啦
啦啦啦啦
啦啦啦啦啦
這是什麼呀？
咦？

佐羅力按照原訂的嚇人計畫，
從草叢裡用力跳出來。
哇呀ㄑ
啊呀ㄑ
等一一下
嘿嘿嘿嘿嘿嘿
唉唷，走溜哩
大師（佐羅力
大師），切鰻
（且慢）。

大家都嚇一大跳，
連忙逃跑。
好低級喔～
呼呼
嘻嘻呵呵，
這下子知道
本大爺的可怕了吧。
遮果（這個），
那果（那個），
走溜哩大師
（佐羅力大師）。

不過，那些人好像不是因為害怕而逃跑……
哎唷，我、我什麼時候變得全身光溜溜呀？媽媽，我好羞羞臉喔——。
遮果（這個）！

那天，一整個晚上，佐羅力滿臉通紅，情緒低落。

但是，隔天早上，惡作劇天才佐羅力又完全恢復精神，神氣十足。

「各位妖怪朋友，我決定不再借助你們的力量了。本大爺一晚沒睡，終於構想出了強力妖怪製造機，要把這個小鎮變成沒半個人敢住的地方。敬請期待。」

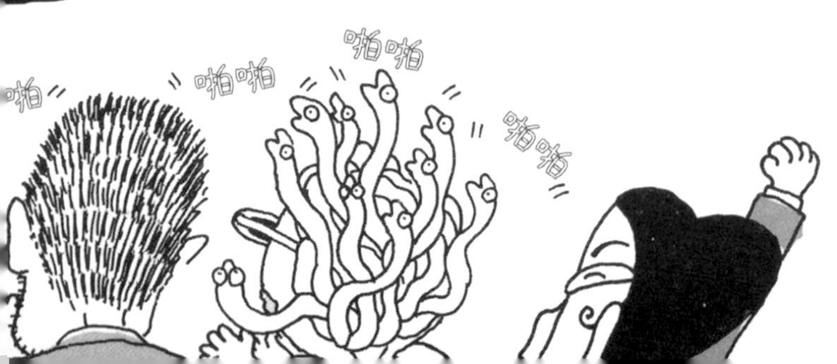

鏘鏘～

接下來整整三天，
恐怖的鬼屋裡頭不斷傳出
鋸子還有鐵鎚敲敲打打，
各式各樣的噪音。

到了第四天晚上，恐怖的鬼屋還發出一陣讓大地震動的巨大聲響，整棟屋子搖晃得非常厲害。

鎮上的居民都衝到房子外面，
不知道發生了什麼事。

咚咚咚咚咚——咚!!

恐怖的鬼屋就在所有人面前,

從正中央裂成兩半,

接著從屋子裡出現一隻巨大的妖怪。

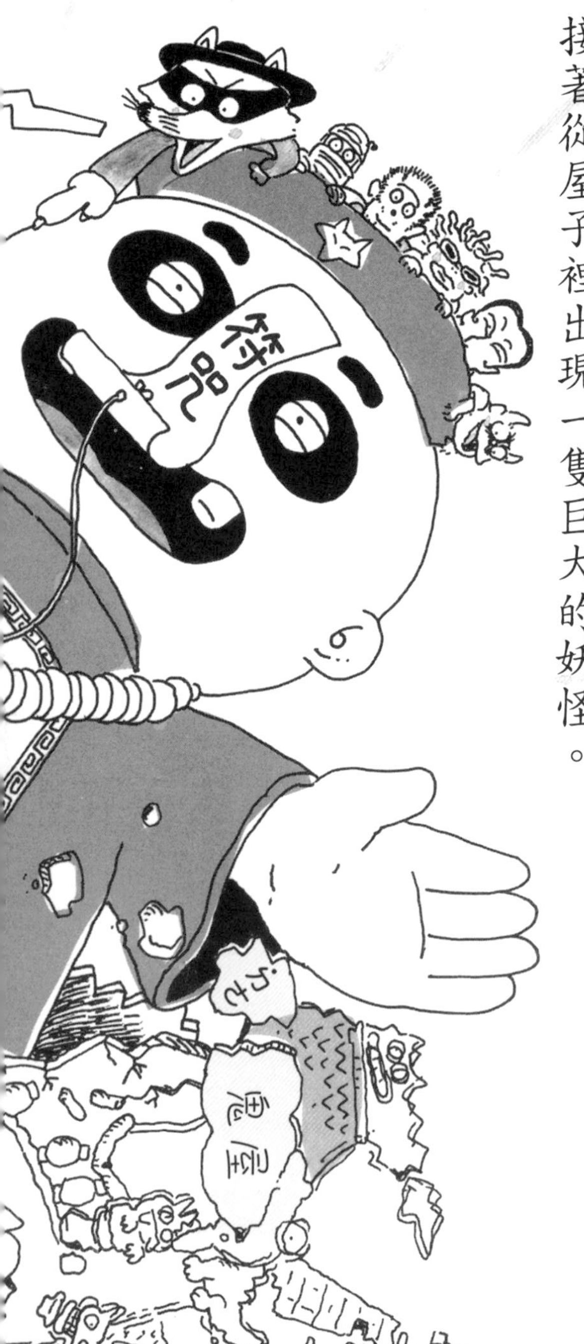

嘻嘻呵呵。
鎮上的各位先生女士，
就讓我來隆重介紹吧。
這可是本大爺
精心製造出來的，
中國妖怪——
殭屍！

「哎呀呀，
原來是新來的妖怪啊。
體型看起來還真大呢。
你也是要來
帶給大家歡樂的嗎？」
鎮長開心的問。

「亂、亂講。

聽完這個殭屍的祕密，保證嚇死你們！」

殭屍的祕密

★帽子上最多可以坐6個人。上面還有安全帶，殭屍跳躍的時候不怕被摔下來。

符咒

①如果撕下殭屍的符咒，就會……

符咒

②觸動按鈕，殭屍會像左頁的圖一樣，失控大鬧。

按鈕

撕下

符咒

一旦撕下符咒，就會失去控制大鬧，所以一定要牢牢貼好符咒才行。

燃料槽

100噸

100噸

★強力彈簧：可以跳到200公尺的高度，還能用腳直接把房子或大樓踩扁唷。

居然能做出這麼恐怖的東西，我真是天才啊，太了不起啦。

不愧是佐羅力大師！

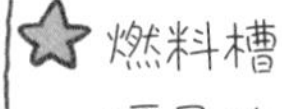

★這條是有3000年中國歷史的「泡麵項鍊」。大家肚子餓的話可以拿去吃喔。

• 能流出泡麵時所需要的熱水

• 口渴的話，這裡會流出烏龍茶。

★燃料槽
殭屍的燃料才不是什麼石油呢。而是有中國3000年歷史的烏龍茶！

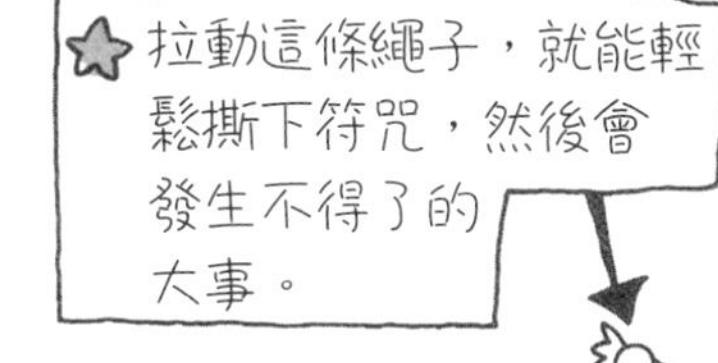

★拉動這條繩子，就能輕鬆撕下符咒，然後會發生不得了的大事。

「好啦，各位都知道了吧。趁著還沒受傷，快去收拾行李，離開這個小鎮吧。從今天起，這裡就是佐羅力的小鎮啦。」

「你……你說什麼？這是我們熟悉的小鎮，我們住在這裡這麼多年，怎麼能輕易就離開呢？」

「對呀，就是說嘛！」

小鎮上頓時議論紛紛。

「既然這樣，我就沒有辦法了，
那就別怪我嘍。我只好
把殭屍的符咒撕掉，
讓大家見識見識真正的
妖怪有多可怕吧。」
佐羅力暗自
露出竊笑。

「伊豬豬、魯豬豬！你們撕掉符咒吧！」
「遵命！」
伊豬豬和魯豬豬，兩人合力拉著綁住符咒的繩子。
符咒
用力！
嘿呀！

用力！
用力！

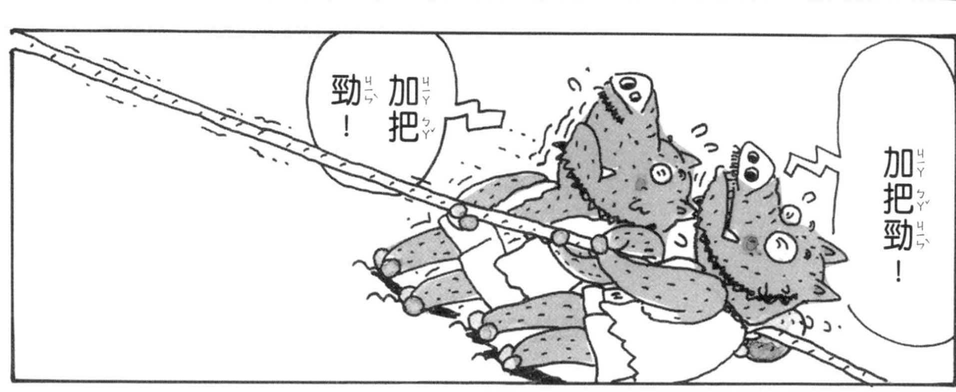
加把勁！
加把勁！

喂，符咒怎麼這麼難撕下來呀？
嗯，因為是用強力黏膠黏得牢牢的嘛。
呼呼
喘喘

「不好意思。麻煩大家幫個忙，一起拉繩子好嗎？」伊豬豬開口拜託，於是小鎮上的居民合力幫忙拉繩子。

這麼一來，殭屍的符咒一定能撕下來了吧。

嗯？感覺怪怪的！
有個怪怪的聲音耶。
嗶哩

殭屍額頭上的符咒
黏得太牢了，
結果還是沒被撕下來——
符咒…
噗咚。

最後變成這樣了。
哇嗚嗚！媽媽，我本來就不是妖怪，進行得不順利我也沒辦法呀——。我會繼續努力，當一個惡作劇大王，不要對我失去信心啊——。
符咒
佐羅力大師對不起啊。
佐羅力大師對不起啊。

小鎮再次恢復往日平靜。不過，鎮上的居民變得稍微有些討厭妖怪。因為小鎮上最漂亮的豪宅被他們弄得東倒西歪。

「能夠被討厭，對妖怪來說也是一大進步呢！佐羅力大師，真感謝您……」

在老師準備道謝時，佐羅力早已像一陣風，消失得無影無蹤了。

☆佐羅力變身成吸血鬼時，留下的紀念照。

都怪你們兩個，
把殭屍的符咒黏得那麼緊，
結果才會變成這樣
一發不可收拾。
要不然，
那個小鎮現在就是
本大爺我的小鎮了……。
唉，唉，佐羅力大師。
別那麼生氣嘛。
佐羅力的媽媽
給各位讀者的話
◎感謝大家平日對我們家
佐羅力的支持。
這次佐羅力似乎沒
什麼很好的表現，
請各位多包涵。
我想他下次一定
會更努力的。

我趁著逃出小鎮的時候，
偷了一盤煎餃。
佐羅力大師，
請吃點煎餃，消消氣吧。
喔喔，
有餃子
吃啊。

作者簡介

原裕 Yutaka Hara

一九五三年出生於日本熊本縣，一九七四年獲得 KFS 創作比賽「講談社兒童圖書獎」，主要作品有《小小的森林》、《手套火箭的宇宙探險》、《寶貝木屐》、《小噗出門買東西》、《我也能變得和爸爸一樣嗎？》、【輕飄飄的巧克力島】系列、【膽小的鬼怪】系列、【菠菜人】系列、【怪傑佐羅力】系列、【鬼怪尤太】系列、【魔法的禮物】系列等。

譯者簡介

葉韋利 Lica Yeh

一九七四年生。典型水瓶座，隱性左撇子。

現為專職主婦譯者，享受低調悶騷的文字 cosplay 與平凡充實的敲鍵盤生活。

譯者葉韋利工作筆記：http://licawork.blogspot.com

國家圖書館出版品預行編目資料

怪傑佐羅力之恐怖的鬼屋
原裕 文、圖；葉韋利 譯 --
第一版. -- 台北市：天下雜誌, 2011.03
92 面；14.8x21公分. --（怪傑佐羅力系列；2）
譯自：かいけつゾロリのきょうふのやかた
ISBN 978-986-241-287-9（精裝）
861.59　　100004949

怪傑佐羅力系列 02

怪傑佐羅力之恐怖的鬼屋

作者｜原裕
翻譯｜葉韋利
責任編輯｜張文婷
特約編輯｜蔡珮瑤
美術編輯｜杜皮皮
天下雜誌群創辦人｜殷允芃
董事長兼執行長｜何琦瑜
媒體暨產品事業群
總經理｜游玉雪
副總經理｜林彥傑
總編輯｜林欣靜
行銷總監｜林育菁
資深主編｜蔡忠琦
版權主任｜何晨瑋、黃微真

出版者｜親子天下股份有限公司
地址｜台北市 104 建國北路一段 96 號 4 樓
電話｜（02）2509-2800
傳真｜（02）2509-2462
網址｜www.parenting.com.tw
讀者服務專線｜（02）2662-0332
週一～週五：09:00~17:30

讀者服務傳真｜（02）2662-6048
客服信箱｜parenting@cw.com.tw
法律顧問｜台英國際商務法律事務所・羅明通律師
製版印刷｜中原造像股份有限公司
總經銷｜大和圖書有限公司
電話｜（02）8990-2588
出版日期｜2011 年 3 月第一版第一次印行
　　　　　2023 年 12 月第一版第二十九次印行
定價｜250 元
書號｜BCKCH015P
ISBN｜978-986-241-287-9（精裝）

訂購服務
親子天下 Shopping｜shopping.parenting.com.tw
海外・大量訂購｜parenting@cw.com.tw
書香花園｜台北市建國北路二段 6 巷 11 號
電話｜（02）2506-1635
劃撥帳號｜50331356 親子天下股份有限公司

日本熱賣25年，狂銷3,000萬本的經典角色

讓你笑到彎腰、幽默破表的開胃閱讀系列

怪傑佐羅力

連續五年圖書館小學生借閱率前三名

不論遇到什麼困難，佐羅力都絕對不會放棄。我認為懂得運用智慧、度過難關，這種不放棄的精神，是長大進入社會以後最重要的事。

——【怪傑佐羅力】系列作者 **原裕**（Yutaka Hara）

不靠魔法打敗哈利波特的佐羅力

日本朝日新聞社調查幼稚園~國小六年級3,583位小朋友，佐羅力打敗哈利波特，是所有小朋友心目中的最愛！

風靡所有孩子的佐羅力精神

★雖然每次的惡作劇都失敗，卻反而讓佐羅力成為樂於助人的正義之士。
★不管遇到什麼挫折，佐羅力總是抬頭挺胸向前走。
★雖然媽媽不在身邊，卻總是想著媽媽，勇敢面對挑戰，所以佐羅力永遠不會變壞。
★不只故事有趣，藏在書中各處的漫畫、謎題、發明，每次讀都有新發現。

下一本永遠更有趣，讓孩子想一直讀下去

佐羅力雖然很愛惡作劇，卻常常失敗，反而幫助了別人，真是太好笑了！

——台灣・陳稷謙・小三

【佐羅力】系列不僅字體大容易閱讀，還包含很多像漫畫般的插圖，非常適合作為孩子自己閱讀的第一本書。我的孩子是因為看了【佐羅力】，才變得能夠單獨閱讀一本書。

——日本・家長

雖然佐羅力很愛惡作劇，卻很看重朋友，一不小心還會做好事。這點讓女兒覺得很有趣，還讓她聯想到自己與朋友間的關係，甚至產生「佐羅力即使失敗，也會多方思考，絕對不放棄」這樣不怕挫折的想法。

——日本・家長

現在就和佐羅力一起出發！

為了向天國的媽媽證明，自己能夠成為頂天立地的「惡作劇之王」，佐羅力帶著小跟班伊豬豬、魯豬豬，展開充滿歡笑和淚水的修練之旅……

出版預告

2012年推出第14~19集
2013年推出第20~27集

佐羅力

為了讓在天堂的媽媽以他為榮，佐羅力立志成為「惡作劇之王」，勇敢踏上修練之旅。旅途中佐羅力喜歡打抱不平，常有驚人的創意發明，雖然每次惡作劇都以失敗收場，卻陰錯陽差解決難題，搖身變成眾人感謝的正義之士。

伊豬豬、魯豬豬

貪吃的野豬雙胞胎，哥哥伊豬豬右眼和右鼻孔比較大；弟弟魯豬豬左眼和左鼻孔比較大。兩人因為仰慕佐羅力成了小跟班，尊稱佐羅力為大師，卻總是幫倒忙，造成不可收拾的混亂，拖累佐羅力的計畫。

佐羅力的媽媽

溫柔的母親是佐羅力最念念不忘的人，但她在佐羅力小時候就已經去世。由於佐羅力個性迷糊，讓她即使在天堂，卻仍然常常來到人間，關心寶貝兒子的一舉一動，偶而還會偷偷幫助佐羅力，是一位愛子心切的好母親。

狼人

★即使不是滿月之夜，也很努力的想讓頭髮長出來。

木乃伊

★在各種物品上纏繃帶，認真研究出不容易鬆開的繃帶纏繞法。

妖怪們受到佐羅力大師的提醒，
紛紛努力想要改善自己的缺點。
希望有一天能變成人見人怕的妖怪，
到時候就去嚇你喔！